L'ISLE

INACCESSIBLE,

CONTE.

A TOULOUSE,

De l'imprimerie de Desclassan et Navarre,
rue des Tierçaires, 7.ᵉ section, n.° 22.

Et se vend,

Chez L. Abadie cadet, et Comp.ᵉ, fabricant de
papier à tapisserie, rue du Taur, 8.ᵉ section, n.° 26.

L'ISLE

INACCESSIBLE,

CONTE.

UNE jeune princesse d'une beauté infinie, était souveraine d'une isle où rien ne manquait de ce qui fait les désirs de tous les hommes ; les maisons y étaient couvertes de lames d'or, et les temples et les palais en étaient pavés.

Les habitans de l'isle vivaient en parfaite santé chacun plus d'un siècle, et cette longue vie n'était troublée ni par les procès, ni par les querelles : l'on n'y jouait pas à ces jeux si pleins de tumulte que l'avarice a inventés ; on y songeait seulement à prendre des plaisirs tranquilles, qui ne coûtaient ni soin, ni inquiétude.

Cette isle avait toujours été inconnue au reste des hommes ; on s'y trouvait si heureux, qu'on n'en voulait pas sortir, et l'on n'y voulait pas recevoir d'étrangers ; de peur qu'ils ne corrompissent les mœurs innocentes des habitans. Les hommes de ce temps-là, qui avaient été si curieux de faire des découvertes, avaient passé et repassé auprès de l'isle sans en avoir eu la moindre connaissance : la nature lui avait mis tout autour une chaîne de rochers qui la rendaient inaccessible, et avait seulement laissé un passage qui conduisait à un port admirable qui était dans l'isle ; c'était même dommage qu'on ne s'en servît, car mille vaisseaux y eussent été fort au large.

Depuis que les hommes s'étaient mis à chercher de nouvelles habitations, et qu'on eut fait tant de merveilleuses découvertes, les princes de l'isle qui connaissaient le pouvoir de plusieurs fées qu'ils avaient eu chez eux de temps immémorial, les priè-

rent d'empêcher, par leur art, que ces curieux si fameux qui avaient déjà pénétré en
tant de lieux inconnus à tous les siècles
précédens, ne pussent pénétrer chez eux.
Le seul remède que les fées y trouvèrent,
fut d'entourer l'isle d'une nue si épaisse,
qu'on ne pût rien voir au travers ; et cela
eut un si bon succès, que ceux qui avaient
déjà navigué à la vue des rochers, étant re-
venus pour chercher un passage, et tâcher
de reconnaître si ces rochers n'enfermaient
pas une isle, n'y reconnurent plus rien,
n'ayant trouvé dans les endroits où ils
croyaient les avoir vus, qu'une épaisse obs-
curité que les meilleurs yeux ne pouvaient
pénétrer.

Les princes de l'isle, depuis un siècle
ou deux, avaient eu curiosité de savoir ce
qui se passait en terre ferme, et leur cou-
tume était d'envoyer de temps en temps des
espions chez leurs plus proches voisins : ils
y envoyaient les plus affidés et les plus ha-
biles de leurs courtisans, à qui les fées don-
naient, par leur art, le pouvoir de voler

aussi loin qu'il leur plaisait, en se reposant
de temps en temps sur quelque rocher ; elles
leur avaient aussi donné le moyen de de-
venir invisibles, en leur faisant porter des
robes qui étaient brillantes comme la lu-
mière du jour. Cette commodité d'envoyer
chez les voisins, avait instruit les habitans
de l'isle de tout ce qui se passait dans le
monde, si bien qu'il s'était élevé parmi eux
des troupes de politiques, ou autrement
des nouvellistes qui raisonnaient comme
leurs pareils raisonnent à Paris sur les des-
seins et la conduite des potentats, avec
cette différence que ceux de l'isle étaient
souvent plus instruits que les plus éclairés de
tous ceux que nous connaissons, qui ont
cependant la hardiesse de décider sur les
motifs de la paix et de la guerre, dont ils
n'ont pas la moindre notion.

La princesse qui commençait à avancer
en âge, s'ennuya de la trop grande tran-
quillité où elle vivait ; elle avait su, par le
rapport de ses espions, qu'il y avait un roi
puissant en terre ferme, lequel avait acquis

une grande gloire à la tête de ses armées, et une grande réputation de sagesse à la tête de tous ses conseils, ce qui l'avait rendu redoutable à tous ses voisins. Il était si doux, si poli et si affable, qu'il faisait les délices de ses sujets : il tenait une cour magnifique, où tous les plaisirs abondaient ; les carrousels, les tournois, la chasse, le bal, la musique, la comédie, et quelquefois la bonne chère, l'occupaient, aussi bien que toutes les dames et tous les hommes de sa cour ; et dans le milieu de tout cela, il ne paraissait vouloir prendre aucun engagement ; il était par-dessus tout le plus beau des hommes de sa cour ; mais sa beauté était accompagnée de tant de majesté, et d'une mine si relevée, qu'on ne le pouvait prendre que pour un héros. Il avait laissé tirer son portrait à tous les peintres qui le désiraient, lesquels avaient la liberté d'y travailler tous les matins pendant qu'il s'habillait. La princesse de l'isle qui le savait, chargea un de ses espions de le lui apporter, et aussitôt qu'elle l'eut vu, elle se trouva saisie d'une douleur

subite de ce que son isle était inconnue.
Les plaisirs tranquilles de sa cour lui parurent insipides, et elle trouvait tous ses courtisans infiniment au-dessous d'un roi de si bonne mine et d'une si belle réputation. Elle avait lu quelques livres pleins de grandes aventures, qui lui avaient tellement relevé le courage, qu'elle ne pouvait plus entendre parler que de héros ou d'actions héroïques, et elle s'était enfin imaginée qu'elle ne serait jamais heureuse si le grand roi qu'elle estimait tant ne songeait à l'épouser : mais comment faire ? Elle n'en était pas connue, non plus que l'isle où elle régnait.

Elle fit appeler celle de toutes les fées de ses états qui avait la réputation d'être la plus savante, et après lui avoir communiqué le désir qu'elle avait de prendre une alliance hors de son isle ; et lui avoir parlé du mérite du grand roi, elle demanda de quels moyens elle se pourrait servir pour lui faire connaître les dispositions où elle était pour lui, et comment elle pourrait réussir à lui en faire naître de semblables pour elle. La fée lui dit qu'il fallait premièrement lui donner connaissance de l'isle, afin qu'il lui prît quelque curiosité de savoir ce qui s'y passait, ne doutant point que s'il entendait parler du mérite de la princesse qui y donnait la loi, il n'eût incontinent une plus grande passion de la posséder que son isle.

Il semblait véritablement que ce fût la destinée du grand roi d'aimer la princesse, puisqu'elle était une des plus belles personnes du monde, et qu'il n'avait encore jamais été touché d'aucune autre beauté, quoique sa cour fût remplie de personnes très-aimables. La princesse, de son côté, semblait lui réserver son cœur; car quoiqu'elle eût dans son isle des princes de son sang, et plusieurs autres grands très-capables de toucher une jeune princesse, elle les avait toujours regardés avec une grande indifférence.

Enfin la princesse, conseillée par la savante fée, résolut d'envoyer à la cour du grand roi le dernier espion qu'elle y

B.

avait employé invisible : il y vola par l'art de féerie à son ordinaire, mais il avait ordre d'y paraître dans la suite comme un étranger qui voyageoit. La princesse lui avait donné de l'argent et des pierreries, dont il se servit pour s'habiller à la manière du pays, et il s'introduisit dans les bonnes compagnies.

Après y avoir fait quelque séjour, il trouva moyen de se mettre en familiarité avec ceux qui étaient plus particulièrement dans la confidence du grand roi ; et étant un jour à la table de l'un d'eux, où il y avait d'autres étrangers, un chacun raisonnant du mérite de son souverain, il soutint qu'il avait l'honneur d'être sous les lois d'une princesse à qui il était plus glorieux d'obéir que de commander ailleurs. La contestation s'échauffant, il dit qu'il avait de quoi justifier ce qu'il avait avancé; et ayant fait voir le portrait de la princesse, qu'il portait dans une boîte garnie de pierreries d'une richesse immense, il attira les yeux de tous ceux qui étaient présens, et ils se levèrent tous pour rendre une espèce d'hommage à la beauté de la princesse, et la contempler de plus près. Il fut aussitôt prié de dire quelle partie de la terre était le lieu de la naissance d'une princesse si merveilleuse; mais il fit difficulté de dire son secret, et un chacun, par discrétion, ne lui en parla plus. La conversation changea, et le repas étant fini, le bruit fut bientôt répandu à la cour de la beauté surprenante d'une princesse de qui l'on avait vu le portrait, et que personne de la cour ne connaissait.

Le roi curieux d'apprendre ce qu'il n'avait entendu que confusément, et de voir la peinture d'une princesse si charmante, envoya dire à l'étranger qui l'avait en sa possession, qu'il souhaitait de lui parler. L'envoyé de la princesse, qui ne demandait pas mieux, dit au grand roi tout ce qui pouvait lui faire naître une grande passion de posséder la princesse et son isle, et le portrait qu'il montra acheva ce qu'il avait commencé par ses discours. Le roi surpris de tant de merveilles, les contempla long-temps sans détourner les yeux, et s'il les détourna, ce ne fut qu'en soupirant, et pour prier, avec un très-grand empressement, l'envoyé de lui dire s'il ne lui serait pas possible de voir une princesse si charmante. L'envoyé lui ayant répondu que tout était possible pour un grand roi comme lui, et que la princesse qui commandait dans une isle inaccessible à toute autre puissance, la rendrait apparemment d'un plus facile abord pour lui, qu'elle estimait déjà infiniment sur les fidelles relations qui lui avaient été faites de toutes ses grandes qualités, le roi lui dit que s'il lui facilitait le moyen de voir une princesse sans laquelle il croyait ne pouvoir plus vivre, il n'y avait rien qu'il ne pût obtenir de lui, et qu'il n'avait qu'à désirer. L'envoyé répondit encore au roi, que croyant que sa souveraine l'aurait agréable, il la lui ferait voir quand il lui plairait, et que c'était sans espoir de récompense, puisqu'il n'en pous vait recevoir que de la princesse, à qui il avait fait serment de fidélité.

Après une conférence secrète avec le roi, l'envoyé de la princesse partit pour l'aller avertir que le plus grand roi du monde souhaitait passionnément de la voir et de l'épouser, et qu'il viendrait avec une flotte d'une magnificence infinie, si elle avait agréable de faire rendre praticable le passage à son isle.

La princesse fit appeler la savante fée, qui mit sur la pointe de deux rochers, aux côtés du passage au port, deux globes de diamans qui jetaient tant de feu, que tous les rayons du soleil ne portaient pas plus de lumières. L'envoyé fut dépêché pour en aller porter la nouvelle au grand roi, qui fit mettre incontinent à la voile, très-impatient de voir la princesse qui faisait tous ses désirs.

Le bruit de cette nouvelle découverte d'une isle inconnue et d'une princesse miraculeuse, s'étant répandu dans le monde, un roi voisin, et jaloux de toutes

C

les prospérités du grand roi, résolut de lui
disputer la possession de la princesse, et se
mit en tête d'en faire la conquête et celle
de son isle ; et le grand roi ne fut pas
plutôt en pleine mer, qu'il se vit suivi d'une
flotte formidable. Ce qu'il y avait encore
de plus à craindre, c'est que le roi qui
la commandait avait auprès de lui une
fée de qui les secrets étaient si puissans,
que rien jusque là n'avait pu lui résister ;
elle était depuis peu devenue l'amie du roi
auprès duquel elle était, et elle lui avait
promis de le mettre au-dessus de tous ses
voisins. La première occasion qui s'offrit
de prouver son amitié et sa puissance, fut
celle de la conquête de la merveilleuse princesse et de son isle ; et la fée ne sachant
pas qu'elle trouverait en tête une puissance
plus grande que la sienne, avait promis
des merveilles. Les deux flottes voguaient
d'un même vent, et se suivant de près,
s'approchaient en même temps de l'isle.

La savante fée qui avait toujours l'œil
au guet sur les intérêts de la princesse,

ayant appris , par son art , que les deux
flottes approchaient de l'isle , envoya une
troupe de dauphins à qui elle avait départi
quelques dons de féerie , et qui ayant rencontré la flotte du grand roi , se mirent autour de son vaisseau pour lui servir de
pilotes , et le conduire dans le port. C'était
un spectacle charmant de voir une troupe
de superbes dauphins qui s'empressaient à
qui marcherait plus près du vaisseau royal :
la flotte ennemie était au contraire assiégée
de monstres marins , et de grosses baleines
qui ne lui faisaient voir que des objets dé-
sagréables ; et pour surcroît de disgrace , le
vent lui devint contraire , dans le temps que
celle du grand roi l'avait en poupe , et voguait
à pleines voiles pour passer entre les deux
rochers , qui portaient chacun un globe de
diamans en guise de fanal.

Le roi voyant échouer tous ses projets ,
fit des reproches à la fée son amie de ce
qu'elle lui manquait au besoin. Elle s'ex-
cusa le mieux qu'elle put , disant qu'il fallait
que quelque puissance supérieure s'en mêlât ,

et ne pouvant faire mieux, elle lança une infinité de boules de feu contre la flotte du grand roi, mais inutilement : il n'y en eut aucune qui parvint à la moitié de la distance qui était entre les deux flottes.

Le roi au désespoir de voir qu'il ne pouvait combattre le grand roi qui allait triompher de tous ses projets, faisait faire force de voiles pour tâcher de le suivre ; mais un grand orage s'étant tout d'un coup élevé, sa flotte fut dispersée ; quelques-uns des ses vaisseaux s'allèrent briser contre les rochers qui faisaient les remparts de l'isle, et celui qui le portait fut jeté à la côte de ses états pendant que le grand roi entrait dans le port de l'isle au bruit de cent trompettes.

Quel plaisir pour la merveilleuse princesse de voir de dessus un balcon de son palais qui avait vue sur le port, mille magnificences qu'elle n'avait pas connues ! Le vaisseau royal qui paraissait à la tête de tous, était chargé d'enseignes, de banderoles, et de flammes de soie de toutes les couleurs, et il brillait d'or et d'azur de tous les côtés.

Aussitôt que le grand roi fut entré dans le port, il envoya des ambassadeurs à la princesse pour la supplier de trouver bon qu'il mît pied à terre dans ses états, et de lui permettre d'aller lui offrir les hommages d'un cœur qui était rempli de respects infinis pour elle, et d'une grande passion de les lui rendre agréables. La princesse répondit qu'elle verrait le roi chez elle avec beaucoup de plaisir, et qu'elle l'attendait avec impatience. Le roi descendit incontinent, et la princesse étant venue au devant de lui jusqu'à la porte de son appartement, la surprise fut égale entre eux. Le roi trouva la princesse cent fois plus belle que son portrait, et la princesse trouva le roi cent fois au-dessus de tout ce qu'elle en avait cru. La surprise fut suivie de discours pleins de politesse; et le roi fut conduit par tous les grands de la cour de la princesse, dans un appartement où l'on ne pouvait jeter les yeux que sur des pierres précieuses, ou des draps d'or et de soie qui composaient tous les meubles préparés pour la réception d'un si grand roi.

On fit servir au roi un grand repas où rien ne manquait de ce qui pouvait satisfaire ou le goût ou la vue : il avait été préparé et fut servi par quatre jeunes fées qui portaient chacune une robe parsemée de rubis ; elles mirent sur la table du roi des mets délicieux dont quelques-uns lui étaient inconnus, aussi bien que la matière des plats qui était cent fois plus belle que le plus fin or ; le buffet était de même chargé de flacons de matières peu connues, et aussi brillantes que les plats ; on sait seulement qu'il y en avait deux qui étaient deux si grosses perles, qu'il n'est pas possible que la nature en ait formé deux autres pareilles. Le roi but dans une coupe faite d'une seule émeraude, d'une liqueur plus délicieuse que tout le nectar et l'ambroisie qu'on sert à la table des maîtres du monde. Mais toute la magnificence et les délices dont je viens de parler, n'arrêtèrent le roi qu'un moment ; il entra incontinent dans un cabinet où il fit appeler ses ambassadeurs, et les envoya pour dire à la princesse le sujet de son voyage, et régler avec elle, si elle avait son dessein agréable, les conventions et l'heure de leur mariage, c'est-à-dire, recevoir ses lois, car c'était l'ordre que le grand roi avait donné à ses ambassadeurs. Les conventions ayant été bientôt réglées, le roi vit incontinent la princesse, et le mariage se fit le lendemain ; il fut suivi d'une infinité de jours et d'années d'une félicité toujours parfaite.

Le roi, après avoir fait un séjour de quelques mois dans l'isle qu'il trouvait délicieuse, mena la princesse dans ses états, où il la fit couronner en grande pompe ; plusieurs de ses courtisans s'étaient aussi mariés dans l'isle, où ils avaient rencontré des dames très-aimables qui furent charmées d'avoir le moyen de ne quitter jamais de vue, pour ainsi dire, une souveraine qui faisait les délices de tous ses sujets.

Le grand roi pour récompenser la savante fée de tout ce qu'elle avait fait pour

lui, voulut qu'elle commandât dans l'isle ;
ce qu'elle accepta, pour y faire, répondit-
elle, célébrer le nom et le mérite d'un roi
et d'une reine si aimables, et faire exécuter
ponctuellement leurs ordres. Ainsi les habitans de l'isle, aussi bien que ceux de
terre ferme qui obéissaient à d'aussi illustres
souverains, goûtèrent long-temps la parfaite félicité qu'il y a à recevoir des lois
dispensées avec une exacte justice, et éma-
nées d'un trône tout brillant de gloire.

F I N.

www.ingramcontent.com/pod-product-compliance
Lightning Source LLC
Chambersburg PA
CBHW061527170626

46811CB00004B/1877